ÉPITRE

A

MARC-ANTOINE PETIT.

PARIS, IMPRIMERIE DE LEBEL,
Imprimeur du Roi, rue d'Erfurth.

EPITRE

A

MARC-ANTOINE PETIT,

Ancien Chirurgien en chef, et Professeur d'opérations et de chirurgie clinique au grand Hôtel-Dieu de Lyon; ancien Président de l'Académie, de la Société de Médecine de la même ville; Correspondant de l'Institut de France, de la Société des Professeurs de l'Ecole de Médecine de Paris, etc.

Par A. M. F. CHAMBEYRON,

ÉLÈVE INTERNE DES HÔPITAUX ET HOSPICES CIVILS DE PARIS.

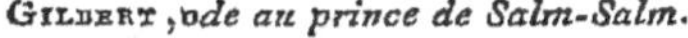

Ceux qui par des bienfaits assurent leur mémoire,
Seuls, vainqueurs de l'oubli, verront fleurir leur gloire
Jusque chez nos derniers neveux.
GILBERT, *ode au prince de Salm-Salm.*

A PARIS,

CHEZ CREVOT, LIBRAIRE,

RUE DE L'ÉCOLE DE MÉDECINE, N° 3, PRÈS CELLE DE LA HARPE;

ET A LYON,

CHEZ MAIRE, LIBRAIRE, GRANDE RUE MERCIERE.

1824.

À mon Ami

Alphonse Petit.

En rendant hommage à la mémoire de ton père, je n'ai suivi que l'impulsion de mon cœur; mais je saisis avec empressement l'occasion de t'offrir un témoignage public de l'amitié qui nous lie, en peignant les vertus qui te sont chères, et le touchant modèle que tu t'efforces d'imiter.

A. M. F. Chambeyron.

ÉPITRE

A

MARC-ANTOINE PETIT.

Ami du genre humain, dont le cœur généreux
Partageait les douleurs de tous les malheureux,
Dans ton dernier séjour, Petit, j'ose descendre,
Et troubler un instant le repos de ta cendre.
Si la vertu sublime, en quittant les mortels,
Aime à voir leur encens fumer sur ses autels,
Si le pieux tribut de la reconnaissance
Embellit dans les cieux sa douce récompense,
De tes concitoyens le touchant souvenir
T'assure du bonheur l'éternel avenir.
Cette antique cité que ta naissance honore
Des bienfaits de ton art s'enorgueillit encore;
Le vieillard te bénit sur le bord du tombeau,
De ses fils ton éloge entoure le berceau.
Que dis-je? l'univers déjà te rend hommage;
Oui, ton nom doit survivre aux débris de notre âge,
Il franchira les temps, et nos derniers neveux
Auront un jour pour toi l'amour de leurs aïeux.

Quel autre en fut plus digne ? Encor jeune et sans guide,
Seul, pauvre, au premier rang montant d'un vol rapide,
Et prêt à s'élancer de succès en succès,   -
Le grand homme apparut à tes premiers essais.
Une triple couronne enflammant ton courage (1),
D'une indigne faveur il repoussa l'outrage,
Sûr de les terrasser, se créa des rivaux,
Et leur ravit le champ de tes brillans travaux (2).
Bientôt, de la douleur habitant l'humble asile,
Tu plias à tes lois la nature indocile ;
Emule de Desault, le premier sur nos bords,
Arrachant leurs secrets aux froids débris des morts (3),
D'un art, enfant tardif de la misère humaine,
Ton zèle infatigable agrandit le domaine,
Et sous toi la jeunesse apprit à parcourir
Les chemins glorieux que tu venais d'ouvrir (4),
Ton génie alliant, par une heureuse audace,
Les trésors d'Epidaure et les fleurs du Parnasse,
Apollon par ses chants, à ta voix asservis,
S'étonna d'embellir les leçons de son fils,
Des savans lyonnais le chef et le modèle (5),
Sous tes pas s'élevait une palme nouvelle,
Quand la mort vint couvrir du voile des tombeaux
Et ton dernier triomphe (6) et tes derniers travaux (7),
Chacun des citoyens en toi perdit un frère,
Le mourant un sauveur, et l'indigent un père ;
Ton pays en gémit, et les Muses en deuil
Des pleurs de l'amitié baignèrent ton cercueil.

Voilà pour l'avenir tes vrais titres de gloire ;
Voilà de quels lauriers les Filles de mémoire

Doivent ceindre en mes vers ton front majestueux :
Le mortel le plus grand est le plus vertueux.

Quand de cruels vainqueurs, déchirant ta patrie (8),
Portaient les derniers coups à sa grandeur flétrie,
Quand le bronze ennemi foudroyait nos remparts,
Ta main vint recueillir nos défenseurs épars,
Et, digne de fermer leurs blessures sanglantes,
Arracher à la mort ses victimes tremblantes.
Etranger aux combats, ni le spectacle affreux
De cent mille Français qui s'égorgeaient entr'eux,
Ni les pleurs d'une épouse, et l'amour d'une mère,
Ni ta fille naissante, et le doux nom de père,
Ni le fer menaçant d'un féroce vainqueur,
Dans son sublime élan rien n'ébranla ton cœur.
Quand l'anarchie enfin dévorait sa conquête,
La hache des bourreaux se leva sur ta tête;
Ainsi par tes bienfaits les lâches outragés
Se vengeaient de tes soins avec nous partagés.
Tu fuyais; délaissée au milieu de l'orage,
A peine, en son asile, échappée au carnage,
L'indigence gémit, il fallut la sauver;
La mort planait sur toi, tu revins la braver.
De nos bords ravagés la paix long-temps bannie,
Sur ses pas incertains ramenant le génie,
Vit ce palais fameux (9), séjour de la douleur,
Où la sainte pitié recueille le malheur,
Ce monument sacré des vertus de nos pères,
Sortir de ses débris sous tes mains tutélaires (10).
Là, ton art immortel, d'un mal invétéré,
Dévoilait le secret du vulgaire ignoré (11);

Dans le fatal tableau des misères humaines
Saisissait d'un regard leurs traces incertaines;
Et, volant au succès par des chemins nouveaux (12),
Refermait, vide encor, l'abîme des tombeaux.
Là, du feu destructeur ton courage intrépide
S'armait contre l'effort d'un poison homicide (13),
Et ton cœur, retenant l'instrument inhumain,
Avare des douleurs qui naissaient sous ta main,
Berçait l'infortuné de douces espérances,
Et pour les adoucir calculait ses souffrances.
Là, de l'humanité ton éloquente voix
Soutint les droits sacrés et fit chérir les lois (14);
Des fatales horreurs qui déchiraient la France
Signala sur nos jours la puissante influence (15),
Et, de tes longs travaux gravant le souvenir,
De ton expérience enrichit l'avenir (16).

Mais ces bienfaits publics que la gloire environne
Trop souvent ne sont dus qu'au prix qui les couronne,
Et trop souvent, caché sous des dehors trompeurs,
L'orgueil à la vertu dérobe ses couleurs.

Rien en toi ne sentit cet amour d'un vain lustre;
L'homme ignoré fut grand autant que l'homme illustre,
Et pour l'infortuné ton zèle affectueux
Ne s'entoura jamais d'un éclat fastueux.
Tu te cachais en vain, et de ta bienfaisance
Le secret fut trahi par la reconnaissance;
On sut par quelles mains l'indigent enrichi
Des caprices du sort s'élevait affranchi;
On te vit de la veuve adoucir la misère,
Servir à l'orphelin de soutien et de père,

Du pauvre en son réduit épiant les besoins,
Lui porter à la fois et ton or et tes soins,
Par un pieux mensonge endormir sa souffrance,
Et sur·son lit de mort attacher l'espérance.

Les devoirs les plus saints furent tes seuls plaisirs;
L'art de les faire aimer remplit seul tes loisirs (17).
Pour épurer les mœurs d'une ardente jeunesse
Du charme de tes vers tu paras la sagesse (18),
Et, par elle dictés, tu pensas que tes chants,
En peignant ses attraits, séduiraient les méchans.
Mais de l'homme de bien la facile indulgence
Trop souvent loin du but égare sa prudence:
L'erreur d'une belle ame est toujours une erreur.
Le vice marche fier où n'est pas la terreur.
D'un plaisir infamant la grossière imposture
A ses yeux du bonheur efface la peinture,
Et sur la vérité tirant un voile épais,
Dans ses remords vaincus il croit trouver la paix.
Ce n'est pas la vertu, c'est la honte du crime
Qui retient les mortels sur le bord de l'abîme;
Au sein de leurs fureurs une douce pitié
Fait parler vainement la voix de l'amitié,
Sa touchante éloquence et ses pieuses larmes
Contre des cœurs flétris sont de trop faibles armes;
Il faut par la menace, et le fouet à la main,
Au bonheur, malgré lui, traîner le genre humain.

Pour moi, qu'ont effrayé les horreurs de notre âge,
Las de chercher en vain le spectacle du sage,
Sur les bords lyonnais j'ai reposé mes yeux;

Là nos aînés t'ont vu; là ton nom glorieux,
D'un éclat immortel illustrant ma patrie,
Inspira ton éloge à mon âme attendrie :
Il m'est doux de vanter l'honneur de mon pays;
Il m'est doux de songer aux lieux que je chéris.
Mais, de mes premiers pas si j'ai quitté la trace (19),
Mon front n'a point rougi de ma naissante audace,
Je marche sans terreur au but de tous mes chants :
Célébrer la vertu, c'est flétrir les méchans.

NOTES.

(1) **M.-A. Petit** remporta à seize ans le premier des deux prix fondés par les échevins de la ville de Lyon, en faveur des élèves en chirurgie; l'année suivante (1783), il obtint la première place au concours pour l'internat, et, deux ans après, la seconde médaille d'or à l'Ecole pratique de Paris.

(2) Jusqu'à l'année 1788, la place de chirurgien en chef de l'Hôtel-Dieu de Lyon avait été donnée par l'administration; à cette époque, **Petit** obtint qu'elle serait mise au concours, et il fut nommé à l'unanimité.

(3) Fondation d'un cabinet d'anatomie pathologique.

(4) Cours publics d'anatomie, de chirurgie et de clinique chirurgicale.

(5) Présidence de l'académie de Lyon.

(6) Nomination de **Petit** à l'Institut.

(7) *Collection clinique.* Cet ouvrage, que **Petit** n'eut pas le temps de faire paraître, était presque terminé. Peu de jours avant sa mort, il assurait que les deux premiers volumes étaient complets; mais l'on n'a pu retrouver que des notes isolées qui ont été réunies et publiées par MM. Lusterbourg et Jobert.

(8) Siége de Lyon en 1793.

(9) *Les Lyonnais ont bâti un palais à la fièvre,* dit un prince allemand à qui l'on montrait l'Hôtel-Dieu de Lyon.

(10) Je suis loin de vouloir diminuer la gloire des administrateurs qui relevèrent l'Hôtel-Dieu, mais c'est à PETIT qu'appartient l'honneur d'avoir rétabli le service médical.

(11) PETIT se distingua par la justesse de son diagnostic, et montra toujours que l'attention qu'il apportait dans les cas difficiles venait du désir d'être utile, et non de celui de faire parade de son habileté.

(12) Parmi les inventions utiles de M.-A. PETIT, on distingue la modification qu'il a fait subir aux aiguilles, modification adoptée par Sabatier (*Médecine opératoire*), la méthode de vider les abcès froids par la ponction et par les ventouses, la réunion immédiate des plaies de poitrine, la suture des tendons, l'application du vésicatoire au centre des érysipèles phlegmoneux, etc., etc.

(13) PETIT porta quatorze fois de suite le fer rouge au fond de la gorge d'un malheureux, pour attaquer une pustule maligne qu'il parvint à détruire.

(14, 15, 16.) Discours sur la douleur, sur la manière d'exercer la bienfaisance dans les hôpitaux, sur l'influence de la révolution française sur la santé publique; compte rendu de neuf années d'exercice dans l'Hôtel-Dieu de Lyon.

(17) Epîtres à Forlis, publiées, avec les discours dont il est parlé plus haut, sous le titre de *Médecine du cœur.*

(18) *Onan, ou le Tombeau du Mont-Cindre*, poème en quatre chants.

(19) Je veux que certaines gens ne prennent point cet éloge pour une amende honorable de la satire que j'ai publiée l'an passé. Je n'ai ni honte ni peur; il est du devoir de celui qui connaît un chemin peu sûr de prévenir les voyageurs des dangers qu'ils peuvent y courir.